外に
出かけて
みませんか

東三ゆきえ TOMI Yukie

文芸社

はじめに

昨今のコロナ禍、お友達とのお付き合いもままならない状態ですが、食事会ができなくても、習い事に通えなくても、買い物には出かけています。

そして、そんな出先での見知らぬ人との小さな出会いからも、何かを学んだり、人の温かさに触れたり、誰かの役に立ったりすることもあるのです。

そんな時、心が和みます。

そんな風に、私は誰かに出会うことで何かを得てきたように思います。これからも、見知らぬ人との小さな出会いも大切にしながら、毎日を過ごしていけたら、いつも心楽しく、穏やかに、人生を歩んでいけるのではないでしょうか。

そんな小さな出会いを書いてみました。

東三ゆきえ

外に出かけてみませんか◎もくじ

いいこと見つけ

「いいこと見つけ」とは、いいことを探すのではなくて、不運にあってしまった時でも、そこから、良いことを見つけることができたら、不運も何のそのになるのではないでしょうか。

転倒

その日は暮れの忙しい日でしたので、いつもの自転車を電動自転車に乗り換えて走っていた時のことです。

道を曲がって歩道に乗り入れたところに、年配のおじさんが自転車で走っていたのですが、まるで、歩いているようなスピードだったのです。

いつもなら、すぐに追い抜いていくところですが、その歩道はあまりにも狭かったので、万が一、おじさんを引っ掛けて転倒させてしまっても大変だと思い、追い越せる場所が見つかったら追い越そうと思っていました。

そんな時、建物が途切れた場所が出てきたのです。

ここで追い抜くしかないと思った私は、思いっきり、ペダルを踏み込んで、スピードを上げました。

ところが、運の悪いことに、乗り入れた場所には、大量の砂利が敷き詰めてあったので、自転車ごと、つんのめって、みごとに転んでしまったのです。

私があまりにもダイナミックな転び方をしたものですから、周りにいた人たちがビックリして、いっせいにかけ寄って来てくれました。

「大丈夫ですか」

「大丈夫です……」

「立てますか」

「立てます……」

「あなた若いから、大したことなくて済んだけど、私たちみたいに60代になってこんな転び方をしたら、寝たっきりになってしまうところだったわ。気を付けて帰ってね」

「ありがとうございます」

見ず知らずの人たちがこんなにも親切だなんて、転ばなかったら、分からなかったことです。

家に帰って、薬箱を見たら、湿布薬が切れていました。

でも、すぐに、お友達のTさんの顔が浮かびました。

「湿布薬がほしい時は言ってね。たくさん、余っているから」と言っていたのを思い出したからです。

Tさんに電話を入れて伝えると、すぐに、湿布薬を届けに来てくれました。

持つべきものは友です。

転んで痛い思いをしたけれど、そのおかげで人々の温かさを知ることができました。

こんな風に「いいこと見つけ」をしていくことができれば、不運も何のそのになるのではないでしょうか。

今時の若者

今時の若者は……と眉をひそめる人も
多いのですが、私の出会った若者たちは
とても親切な人たちでした。

ギフト券

日頃、お世話になっている方が、明日、見えることになったので、お礼にギフト券をと思って見たら、あいにく、切らしていたのです。

明日のことなので、電話で注文したのでは、とても間に合いません。少し離れたところの駅ビルの中にある旅行代理店が、確か、ギフト券を取り扱っていたはずなので、そこへ買いに行こうと思い付きました。

行く前に電話を入れて、ギフト券がすぐに用意できるかどうかの確認をすると、できますということなので、出かけて行くことにしたのです。

ところが、行ってみたら、駅ビルの一階にあったはずの旅行代理店がないのです。

そういえば、ここへ買いに来たのは何年も前でした。

どこかに移転してしまったのでしょうか。

すぐに携帯で聞いてみたら、やはり、Mビルの五階に移転していました。

駅ビルを出たものの、見当がつきません。

見渡したところ、近くに交番も見当たらなかったので、近くに立っていた若い女性に声をかけました。

「すいません。Mビルって、どの辺にあるか分かりますか。最近、この辺に来ていないので、見当がつかなくて」

と言うと、

「分かります。こっちです」

そう言うと、彼女はすぐに歩き出そうとしました。

「いえ、教えていただければ、一人で行けますから。あなた、誰かと待ち合わせだったんじゃないんですか」

「まだ、時間が早いので大丈夫です」

彼女が歩き出したので、私は彼女の後に付いて行きました。

Mビルは、すぐ近くのビルだったのです。なのに、わざわざ彼女はビルの前まで案内してくれたのです。

「ありがとうございました」

私のお礼の言葉が終わらないうちに、彼女は、私より先にそのビルの中へと入って行って、辺りを見回していました。

「何かさがしているんですか」

私が声をかけると、

「エレベーターはどこかなと思って」

そう言われて、私も、辺りを見回してみたのですが、エスカレーターはすぐに目に入ったのですが、エレベーターは見当たりません。

もしかしたら、入口付近にあったのではと振り向くと、やはり、通り過ぎて来た場所にありました。

「あっ、あそこにありました」

と私が言うと、彼女はエレベーターの前まで付いて来てくれて、

「これで五階に行けば、すぐに分かると思います」

そう言うと、足早に待ち合わせ場所へと戻って行きました。

何て、親切な人なんでしょうと感動しました。

今時の若者は、話しかけても返事もしないと誰かが嘆いていましたが、こんな親切な若者もいるのです。

自転車のドミノ倒し

私がお店の駐輪場に行くと、私の隣に自転車を停めていた女性が赤ちゃんを自転車の前のイスに乗せて、ちょうど、自転車を出そうと動かしているところでした。

彼女が自転車を出すのを待っていたら、出す時に向こう側の自転車にぶつかってしまったのでしょうか、横に並んでいた自転車が次々に倒れ始めて、あっという間に、ドミノ倒しになってしまったのです。

赤ちゃん連れでは自転車を起こすのは無理だと思った私は、手に持っていた荷物を、急いで自分の自転車のカゴに入れると、倒れた自転車を起こしに行こうとしたその時です。

「僕がやります！」

と後ろから声がしたのです。

振り向くと、青年が駆け寄って来て、倒れてしまった自転車を起こし始めたのです。

私も、すぐに、一緒に手伝いました。

赤ちゃん連れの女性は手伝うことができなかったので、私たちに、

「すいません……すいません……」

何度も何度も、繰り返し、言い続けていました。

すべての自転車を起こし終わった後、その青年は私に軽く会釈をすると、

「ありがとうございました」

と言う女性の声を背に立ち去って行きました。

今時の若者は、などと、ひとまとめにしてはいけないのです。

こんな親切な若者たちもいるのですから、日本もまだまだ、捨てたもんじゃありません。

おせっかい

お年寄りをターゲットにした悪質なセールスマンに対処するには、ドアをあけないことが一番いいのですが、万が一、あけてしまって、いらない品物を買わされそうになってしまったら、

「お金は全部、娘が管理しているので、私はお金を持っていないんです。だから、娘のいる時に来てください」

私は母に、そう言わせていました。

悪質なセールスマン

スーパーのサッカー台で品物をバッグに入れていたら、お友達同士なのでしょうか近くで話している人の会話が聞くともなく聞こえてきました。

「この間はごめんね。セールスの人が、なかなか帰ってくれなかったので、こわくなって、あんたに電話して、来てもらったのよ」

「もう、呼ばないでよ。あたしだって、こわかったわよ。何とか帰ってくれたから、良かったけどさ」

そんな話をしていました。

「ちょっと、ごめんなさい、話が聞こえてしまったので。セールスの人が来てもドアをあけないのが一番いいんですけど、あけてしまって、何か買わされそうになったら、こう言うといいですよ。お金は全部、子供が管理していて、私はお金を持っていないんです。だから子供のいる時に来てくださいと言うと、さっさと帰って行くみたいですよ」

「そうよ、そうしてよ。もう、こわいから、私のこと、呼ばないでよ」

「分かったわよ。今度から、そう言うわよ」

「でも、一番いいのはドアをあけないことですよ」

私がそう言うと、

「分かりました。これからは、あけないようにします」

と言って帰って行きました。

私の母も、1リットル入りの牛乳パックを毎朝、家に届けられたり、大量のお魚を買わされたりなどの被害にあっていたので、何か良い方法はないかと考えていて思い付いたのが、お金を持っていないと言わせることでした。

お年寄りをターゲットにした悪質なセールスマンに対処するには、お金を持っていないと知らせることです。

お金がないと分かると、さっさと帰って行くみたいです。

スーパーの値札

スーパーの果物コーナーに人だかりがしていたので、通りすがりにのぞいて見たら、皆がシャインマスカットの前で、

「安いわね」

と言っていました。

見ると、値札に大きく380円と書いてあります。

でも、シャインマスカットは、2000円近くするはずなのではと思った私は、値札をよく見たら、その下の方に小さな文字で100グラムと書いてあったのです。

皆が勘違いしているのではないかと思った私は、

「これ、下の方に小さく100グラムと書いてありますよ。1パック380円ではなくて、100グラム380円だと思います」

と言っているところに、アナウンスが流れてきました。

「マスカットは1パック380円ではなくて、100グラム380円です」

わざわざアナウンスするところをみると、勘違いして買っていった人たちが多くいたのだと思います。

お年寄りが多くなってきている昨今、お店側ももう少し分かりやすい表示にしてくれると、ありがたいのですが……。

そして、買う側もうっかり、ぼんやりがないように気を付けなければいけません。

「本当だ。教えてもらってよかった。高い買い物をするところだった。ありがとうございました」

お礼を言われて、私も買わずにそこを離れたのですが、そこにいた人のひとりが、私を追いかけて来て、

「よかったら、これ、使ってください」

と言って、割引券を差し出したのです。

「えっ、いいんですか」

「二枚、持っているんですけど、期限が今日までなのに、一枚しか使えないんです。もったいないので、よかったら、使ってください」

と言うので、ありがたく頂きました。

時には、おせっかいも、こんな形で感謝されることもあるのです。

お出かけ

習い事に通えない人も、おしゃべり会に参加できない人も、外に出て行くと、誰かと出会ったりして、ほんの少しの会話を交わしただけでも気分が晴れることもあるのではないでしょうか。

会話

自転車に乗って、買い物に出かけて行く途中でのことです。

いつも自転車で走っているSさんが珍しく歩いていたので、

「あら、珍しいわね、歩きなの」

声をかけると、

「そうなの。こわくて自転車に乗れなくなっちゃったのよ」

「えっ、どうして」

「めまいがするの」

「そうなんだ……それじゃあ、あぶないわね。でも、歩きもいいかもよ。自転車だと、挨拶だけで終わっちゃうことが多いけど、歩きだと、こうやって、誰かが話しかけてくれることもあるんじゃない」

「そうよね。いいこと教えてもらった。ありがとう。また、声をかけてね」

「分かった、じゃあ、またね」

と別れてきたのですが、外に出かけて行くことで、こうやって、誰かと出会えて、ほんの少し会話を交わしただけでも、気分が晴れることもあるのではないでしょうか。

移動販売車

狭い歩道を自転車で走っていたら、前方からHさんが自転車で走って来ました。しばらく、自転車に乗っていなかったはずなのにと思った私は、

「また、自転車に乗ることにしたの？」

と声をかけました。

「そうなの……。この間、転んで足を痛めちゃって歩けないのよ。でも、自転車でなら何とか動いて行けるから」

「えっ、そんな状態で自転車に乗って、大丈夫なの」

「大丈夫。自転車に乗っている時は痛くないから。止まって足を着く時に痛いだけだから」

そんな話をしていると、何人かの人たちが通りかかって、私たちがじゃまになってしまっていたので、

「気を付けて行ってね」

とだけ言って、別れて来てしまいました。でも、本当は、

「そういう時はスーパーの宅配サービスとかを利用してみたら」

そう言ってあげたかったのです。

でも、足が痛くても自転車に乗って出かけて来るぐらいだから、品物を直接、見たいのかもしれません。

だとしたら、地方で走っている移動販売車みたいなものが、東京でも走ってくれたら、高齢者に喜ばれるのではないかと思いました。

団塊の世代が皆、高齢になってしまった昨今、移動販売車とか、移動美容院とかが回って来てくれるようになったら、便利なことこの上ないのではないでしょうか。

お年寄り

お年寄りは思い込みが強いので、視点を変えて質問をしてあげると、突然、気が付いたり、思い出したりすることがあるのです。

駐輪場

スーパーの駐輪場でおろおろしているお年寄りがいたので、

「どうしたんですか」

声をかけると、自転車が見つからないと言うのです。

「私もよくありますよ。いつもいろんなところに停めるので無意識に停めてしまうと、どこに停めたか分からなくなってしまうんですよね。どんな自転車なんですか」

「赤なんです。すぐに分かるように赤にしたんです」

「そうですか。じゃ、ちょっと私が見て来てあげますね」

と言って、自転車に乗って見て回ったのですが見当たりませんでした。

「赤い自転車なら目立つはずなんですけどね……。見当たらなかったですね……。今日は自転車でお買い物に来たんですよね」

私の言葉に、その人はハッとした様子になって、

「あっ、今日は歩いて来たんだ……。今日は特売日なので、混んでいたら、自転車が停められないかもしれないと思って歩いて来たんです。ごめんなさい……」

「そうでしたか。気が付いて良かったですよ。これで安心して帰れますね」

「ありがとうございました」

お年寄りは思い込みが強いので、視点を変えて質問してあげると、こんな風に急に思い出したりするのです。こんなところで、母の介護の経験が役に立ちました。

老夫婦

自転車に乗って信号待ちをしていた時のことです。

ふと見ると老夫婦が信号機の真下でタクシーを拾おうと手をあげていました。ところが通りかかったタクシーは空車のタクシーだったにもかかわらず、通り過ぎて行ってしまったのです（アプリで呼ぶタクシーの場合、予約のお客様のところに向かっている場合が多いので、その途中だったのかもしれません）。

そこへ、今度は空車の普通のタクシーが通りかかったのですが、やはり止まらずに、通り過ぎて行ってしまったのです（手をあげる場所が悪いのではないかと思いました。信号機の真下ではタクシーは止まりにくいのかもしれません）。

信号が青になったので渡ろうと、途中まで行きかけたのですが、粉雪がぱらつき始めた寒空の中、やっぱり、放ってはおけないなと思った私は、向きを変えて、老夫婦のところへ向かいました。

「タクシーを拾うには、タクシーが止まりやすい場所で手をあげた方がいいかもしれませんよ。信号機の真下では止まりにくいのかもしれません。信号の少し手前とか、逆に、信号の少し先とか」

「そうですか。だから、一台も止まってくれなかったんですね。もう少し先で手をあげてみます。ご親切にありがとうございました」

というお礼の言葉を聞きながら、私は黄色になった信号を渡り切りました。

言葉

何気なくかけた言葉が、人の心を動かすこともあるのだと、感動しました。

買い忘れ

スーパーを出ようとしたところで、お豆腐を買い忘れたことに気が付いたのです。

その日の夕食は麻婆豆腐の予定だったので、お豆腐を買わずに帰るわけにはいきません。

すぐに売場に戻って、お豆腐をとって来ると、レジの列に並びました。並んだ後、ふと、前の人のカゴを見たら、大量の品物でいっぱいだったのです。

「すごい量ですね。私は、これ、一つなんですよ。バカだから、さっき、買い忘れちゃって、もう一度、並んでいるんです」

思わず、そう言ってしまいました。すると、

「あら、一つだけなの。だったら、お先にどうぞ」

「いえ、そういうつもりで言ったんじゃないので、大丈夫です」

断ったのですが、

「いいですよ。一つだけなんでしょ。お先にどうぞ」

その人は私の後ろに回って並んでくれた後、すぐに、

「この人、一つだけなので、先にやらせてあげて」

と呼びかけまでしてくれたのです。

すると、皆が呼びかけに応じてくれて、

「お先にどうぞ」

次々に私を前に回してくれて、あっという間に五人抜きでレジ前に。

清算を済ませた後で、後ろを振り向いて、

「ありがとうございました」

と五人に頭を下げて帰って来たのですが、何気なくかけた言葉がこんな形で戻ってくるなんて思ってもいませんでした。

損得勘定のない言葉は、人の心を動かすこともあるのかもしれません。

そして何より、とても親切な人たちに、感謝感激です。

松茸

そういえば、こんなこともありました。

以前、三本入りの松茸を買った時のことですが、そのうちの一本が悪くなっていたのです。

でも、取り替えに行くのも面倒だったので、悪くなっていた一本を取りのぞいて、松茸ご飯にして食べてしまったのですが、一応、お店の人には伝えておかなければと思っていました。

次の日、お店の前を通った時に、

「おじさん。昨日、買っていった松茸、一本、悪くなっていましたよ」

私が声をかけると、おじさんは、

「それじゃ、取り替えてあげるよ」

と言ってくれたのです。

「いえ、取り替えに来るのが面倒だったので、一本だけ取りのぞいて食べてしまったから、いいです」

私が答えると、

「聞いた以上、そうはいかないよ。じゃ、一本だけ持ってってよ。でも本当はあけちゃうと売り物にならないんだよな」

「あけなくてもいいですよ。別に取り替えに来たわけじゃないから」

そう言ったのですが、おじさんは私の言葉が終わらないうちに、箱をあけると、その中の一番、大きい松茸を取り出したのです。

「あっ、おじさん。悪くなっていたのは、そんな大きいのじゃなかった。そっちの小さい方でいいです」

と私が言ったとたん、

「奥さん、気に入った！　これ一箱、持って行って！」

「えっ、こんな高い物、もらえないですよ」

私はあわてて断ったのですが、おじさんは強引に松茸の箱を私の自転車の前カゴに入れると、お店の奥に入って行ってしまいました。
やはり損得勘定のない言葉は人の心を動かすことがあるのです。
そして何より、江戸っ子気質のおじさんのきっぷの良さに、今更ながら感謝感激です。

天が味方してくれた

あの瞬間、神様は本当にいるのではないかと思いました。

青年

脇道を自転車で走っていた時のことです。

前方から、自転車に乗った年配の男性が走って来たのですが、私とすれ違いざまに、突然、私の方に倒れかかって来ました。

私は何とか踏みとどまって倒れずに済んだのですが、その人は私にぶつかったはずみで倒れてしまい、ガツッという鈍い音が聞こえました。

その瞬間、私の脳裏にいろいろな思いが駆け巡りました。

もしかしたら、頭を打ったのでは……。

もし、ケガをしていたら、救急車を呼ばなければならないかもしれない。

その後、この状況をどう説明したらいいのか……。

この脇道には防犯カメラは付いていなかったので、私が悪いわけではないということをどうやって証明したらいいのか……。

他の場所に設置されている防犯カメラに、スピードを出して走っている私の姿が確認されたら、それだけで疑われてしまうのではないのか……。

そんな恐怖心の中、男性の様子を振り返って見ようとしたその時、後ろから声がしたのです。

「あなたは悪くない。おじさん、酔っぱらってるんだろう」

その言葉を聞いた瞬間、天が私に味方してくれたのだと思いました。

「この人は何も悪くないからな。ここは僕に任せて。あなたは行ってしまっていいから」

私にこわい思いをさせないようにと気づかってくれたのでしょうか。

青年の言葉に押されて、そのまま、立ち去って来てしまったのですが、用事を済ませた後、帰りに、恐る恐るその道を通ってみたら、何もなかったかのような、いつもの道だったので、ほっとしました。

その数日後にお友達のところへ行って、その話をすると、

「大丈夫よ。酔っぱらいはケガをしないって言うから。力がぬけているので、あ

まり、大事にはならないみたいよ」

と言ってくれたのです。持つべきものは友です。

その後もそのおじさんのウワサを耳にしなかったということは、大事に至らなかったのだと思いました。

もし、あの時、あの場所に、誰もいなかったとしたら、私は一人であのおじさんに対処することになっていたのだと思うと、ぞっとします。

そう思うと、あのタイミングで私の後ろにいてくれた青年に、心から、感謝するばかりです。

なぜなら、もし、同じタイミングで他の誰かがいたとしても、面倒なことには巻き込まれたくないと、足早に通り過ぎて行ってしまう人だっているはずです。

なのに、彼は私を助けてくれたのです。

これは、天が私に味方してくれたのだとしか思えません。

それ以来、道で、誰かとすれ違う時には、できるだけ距離をあけて通るようにしています。

そして、あの青年に心から感謝しています。

戸惑い

最近、大手のスーパーのレジに自動精算機が設置されたと思っていたら、あっという間に、ここかしこのスーパーも自動精算機を置き始めました。従業員不足のせいなのか、それともコロナのせいなのでしょうか。

お年寄りたちが戸惑っています。

自動精算機

こんな小さなスーパーにまで自動精算機が設置されたんだと思いながら、自動精算機で料金を支払っていたら、お隣の自動精算機で支払いをしていた高齢の女性が私に声をかけてきました。

「すいません。この紙、途中で止まってしまったんですけど……」

「ああ、それは、引っ張って取ってしまって大丈夫ですよ」

と言ったのですが、戸惑っていたので、私が引き抜いてあげました。

「あっ、二枚もレシートが出てきてしまった……」

「領収書というところを押すと領収書とレシートが出てきてしまうので、今度、押すときは、右側のレシートというところを押すといいですよ。レシートだけ出てきますから」

「そうなんですか……。ありがとうございます。最近、どこもかしこも、レジがこんな風な機械になってしまって、買い物に来るのが億劫になってきました」

「そうですよね。慣れるまではちょっと大変でしょうけど、慣れるまで、何度でも、誰かに聞いたらいいんですよ」

「そうですか……。いろいろとありがとうございました」

と言って帰って行ったのですが、お年寄りにとって、慣れないことを覚えるのは大変なのです。

そういえば、こんなこともありました。

大手のスーパーに初めて自動精算機が設置された時のことです。

私が並んだレジには、二台の自動精算機が設置されていました。

レジで店員さんに金額のバーコードを読みとってもらった後、自動精算機の前に行くと、私より先にレジを済ませていた女性がもう片方の自動精算機で支払いをしていました。

私は手早く、クレジットカードで支払いを済ませると、サッカー台に向かったのですが、カゴを置いた後、ふと、レシートを見たら、買っていない品物が目に入ったのです。もしかしたらと、レシートをもう一度よく見たら、やはりすべて、私の買った品物ではなかったのです。

私より、先にレジを済ませていた女性が少し手間取っていたので、後先が入れ替わって支払いをしてしまったのだと思った私はすぐに、品物の入ったままのカゴを持って、サービスカウンターへと向かいました。

そこで、品物を確認してもらった後、金額をスキャンし直してもらったのですが、さっきの人は気が付かずに私の金額を支払って帰ってしまったのでしょうか……。

機械だと、こういうトラブルが起こることもあるのだと分かったので、それ以来、一応、レシートには、目を通すようにしています。

ＡＴＭ

郵便局のＡＴＭで現金をおろした後、横で待っていた高齢の女性に、

「どうぞ」

声をかけると、その女性が、

「すいません。私のも、おろしてもらえませんか」

と言ってきました。

「いいですよ」

私が通帳を受け取ろうとしたところへ、局員さんがあわてて出て来て、

「そういう時は私たち局員に声をかけて下さい」

「そう言われれば、そうですね。おろすには暗証番号を他人の私に教えなければならないわけですから、それはまずいですよね。気が付かなくて、すいませんでした」

そう言って、郵便局を出て来たのですが、何でも親切にすればいいというわけではないのです。

とても、勉強になりました。

それにしても、あのタイミングで局員さんが出て来たということは、局員さんに、私たちの会話が聞こえていたのか、それとも、モニターか何かで、私たちのやりとりを見ていたのか。どちらにしても、そういうことなら、お年寄りも安心して郵便局に通えそうです。

年配の知り合い

　年配の知り合いが私に気が付いているはずなのに、知らん顔をして素通りして行った時には、こちらも気が付かないふりをしてあげるのが思いやりなのかもしれません。また、その逆に、声をかけられても、あまりにも様子が変わってしまっていて、誰なのか分からないこともあります。

知らん顔

スーパーで年配の知り合いが私に気が付いていたはずなのに、目を伏せて、私の前を素通りして行きました。

特に付き合っているといった間柄ではないにしても、出会えば、いつも、会話を交わす仲だというのに、どうしたことでしょう。

何か怒っているのかしら……。

そう思った私は、すぐに、彼女を追いかけて行って、声をかけました。

「何で、知らん顔して行くのよ」

「だって……このナリだからさ……声をかけたくなかったのよ」

見ると、髪の毛の半分が白髪交じりのまだら状態で、いかにも、老けて見えました。

「あんただったら、声をかける?」

「かけない！」

「いじわる！」

と言い合った後、二人で大笑いしました。

年配の知り合いが私の存在に気が付いているのに、知らん顔をして素通りして行った時には、こちらも気が付かないふりをしてあげるのが思いやりなのかもしれません。

誰？

スーパーを出たところで、年配の女性に声をかけられましたが、誰だか分かりません。

「私よ、私よ」

と言われて、よく見たらKさんでした。

でも、私の知っている彼女とは、あまりにもかけ離れていて、ひどく、やつれていた上に、マスクを付けて、メガネまでかけていたのですから分からなくて当然です。

「Kさん……。ウソ……。分からなかった……。ごめん」

話を聞くと、病気をして、こんな様子になってしまったとのこと。

「そうなんだ……。大変だったわね……。そのうち、ゆっくり、話を聞かせてね」

と言って、別れたのですが、病気になっただけで、人の様子がこんなにも変わってしまうこともあるのかと驚きました。

そういえば、前にも、かつての知り合いに出会った時、すれ違った後で、

「今の人、Ｓさんだったのでは……」

と思ったことがありました。

しばらく会わない間に、こんなにも様子が変わってしまうこともあるのかと、その時もビックリしたことを覚えています。

変わってしまう人と変わらない人の違いは何なのでしょうか。

病気……。それとも、ストレス……。

私は幼少の頃、体が弱かったこともあって、健康には人一倍、気を付けてきたせいか、今のところ、どこにも悪いところがないのはありがたいことなのだと、つくづく、思い知らされた一件でした。

ボケと物忘れの違い

ボケと物忘れの違いは、行動そのものをすっかり忘れてしまっていたらボケで、思い出すことができれば、ただの物忘れなのだと思います。

物忘れ

年上のお友達の家に用事があって立ち寄った時のことです。

「私、ボケてきたのかもしれないの」

と彼女が突然、言い出したのです。

「えっ、どうして」

私はすぐに聞き返しました。

「この間、あなたにお稲荷さんを作って持って行ってあげたでしょ」

「うん。おいしかった」

「なので、その日の夕食はそのお稲荷さんを食べるつもりでいたのに、そのことをすっかり忘れて夕食を作りかけちゃって、途中で気が付いたのよ。とうとう、私もボケが始まってきたのかなと思って……」

「大丈夫よ。それはボケとは違うでしょ。ただの物忘れ。ボケの場合は作ったことを忘れてしまって、このお稲荷さん、どうしたんだろう……ってなった時だから」

「そう聞いたことはあるけど……」

「あんなにおいしいお稲荷さんを作れるんだから、ボケてなんかいないでしょ」

「そう……。良かった……」

ボケと物忘れの違いは行動そのものを忘れてしまっていたらボケで、思い出すことができれば、それは、ただの物忘れなのだと思います。

ボケ

思いがけない所で、以前、ご近所に住んでいたBさんに出会ったので、

「あら、久しぶりね」

と声をかけたのですが、けげんそうな顔をして、私を見つめるばかりで、一言も声を発しなかったのです。

すぐに、ボケてしまったのだと分かりました。それからしばらくして、私は会えなかったのですが、Bさんがご主人に連れられて、以前、住んでいた家のお隣さんを訪ねて来たそうです。

「ここへ連れて来れば、昔のことを少しは思い出すかもしれないと思ったんですけどね……ダメでした……。どうして、こんなことになってしまったのか……」

と言ってご主人は肩を落としていたそうです。

年をとってからの引っ越しはできるだけさけた方がいいと聞きます。住み慣れた場所を離れて、土地勘もない、知り合いもいない場所に移り住んだとたん、ボケてしまったという話は、よく耳にします。

また、親を見守るつもりで、自分の住んでいるマンションの空き部屋を購入して住まわせたものの、年老いた親は、オートロックのマンションのあけ方が覚えられず、一人ではあけて入ることができなかったり、他の階の部屋に行ってしまって周りの人に迷惑をかけたりなど、予想もしなかった出来事がいろいろと起こって、後悔したという話も聞いたことがあります。

年老いた親の面倒を見なければならなくなったら、自分のそばに呼び寄せるのではなく、住み慣れた場所で、介護ヘルパーさんやデイサービスの人たちなどの手を借りながら、見守っていくことができれば、それがベストなのかもしれません。

保険

スーパーの商品には、保険がかけられているのでしょうか。店内で落として割ってしまった卵は、新しいものと取り替えてくれるのです。

卵

スーパーで品物の入ったカゴを台の上に置こうとした時、足元がすべったので、

「キャッ！」

思わず声を上げてしまいました。

何だろうと足元を見ると、卵が割れたような跡がありました。すると、側にいた年配の女性が、

「すいません……。私が卵を落としてしまったんです……」

と声をかけてきたのです。

「そうですか。急にすべったのでビックリしちゃった。それなら、店員さんに言った方がいいですよ。確か、店内で割れてしまった卵は取り替えてくれるはずですから」

「いいえ、私が自分で落として割ってしまったんですから」

そこへ、店員さんが私たちの会話を聞きつけて、新しい卵を届けに来てくれました。

「卵を落とした方はあなたですか。どうぞ」

店員さんは、その女性に卵を手渡すと、あっという間に立ち去って行きました。

お掃除の道具でも取りに行ったのでしょうか。

その年配の女性はお礼を言う暇もなかったので、私に向かって、

「取り替えてもらえるなんて思ってもいませんでした。いろいろとありがとうございました」

「いいえ、私はすべっただけですから。でも、取り替えてもらえて良かったですね」

そう言って、お店を出て来たのですが、店員さんは、ちゃんと店内に目配りをしているのだと感心しました。

でも、お礼の言葉も、聞いてあげてほしかったな、とも思いました。

忘れ物

スーパーで品物をバッグに入れていると、お隣にいた女性が、

「これ、誰か、忘れていったみたいなんですけど」

と声をかけてきました。

「あら、そうですか。それなら、店員さんに届けておいた方がいいですね」

私はすぐに、近くのレジの店員さんに届けました。

「これ、どなたか忘れて行ってしまったみたいなんですけど」

「そうですか。気が付いてくれて、ありがとうございます」

とお礼を言われたのです。

「いえ、私ではなくて、あちらの方が気が付いて下さったんです」

すると、店員さんは、すぐに、その人に向かって、

「ありがとうございました」

と言ってくれました。私がその女性の側に戻ると、

「私は見つけただけで、あなたが届けてくれたんですから、私はいいのに……」

と言い出したので、

「いえ、私だったら、気が付かなかったかもしれませんよ。あなたのお手柄です」

私がそう答えると、

「そうですか……」

と言って、うれしそうに帰って行きました。

人は見かけによらぬもの

人の本当の人柄は、外から見た様子だけでは分からないものだと思いました。

おじさん

スーパーで人の少ないレジに並ぼうと見て回っていたら、運良く、一人しか並んでいないレジを見つけたので、そこに並びました。

ところが、ふと、レジを見たら、そこのレジには店員さんが入っていなかったのです。

私はすぐに私の前に並んでいる人に、

「レジに店員さんがいないので、ここに並んでいてもダメですよ」

と声をかけたのですが、反応がありませんでした。

隣のレジに並び直そうと移動する時に、前にいた人を見たら、東南アジア系の青年だったのです。

だから、何も答えなかったのだと分かりました。

「ここ、ダメ。こっち」

と言って、手招きをしてあげると、青年は私に付いて来て、私の後ろに並びました。

もうすぐ、レジ直前という時に、さっきのレジに店員さんが入って来て、私の前に並んでいたおじさんに、

「次の方、こちらにどうぞ」

と声をかけてきたのです。

すると、そのおじさんは、

「あんたたち、さっきから並んでいたんだから、先にやってもらっていいよ」

と私たちに声をかけてきました。

「えっ、いいんですか」

「いいよ。あんたたちの方が先だ」

と言ってくれたのです。

このおじさんは、私たちが店員さんのいないレジに並んでいたことを知っていたのです。

もしかしたら、おじさんは外国人の青年にそこに並んでいてもダメだということを伝えたかったのに、言葉が通じないかもしれないと思い気後れして、声をかけられなかったのかもしれません。

「ありがとうございます」

おじさんにお礼を言った後、私は青年に「こっち、こっち」と手招きをしてあげると、青年は私に付いて来ました。

隣のレジに並んだ後で、おじさんに聞こえるように、

「さっきの人、とても親切」

と青年に伝えました。

私は精算を終えた後、もう一度、おじさんにお礼を言って帰って来たのですが、人は見かけによらないものだと、つくづく思いました。

なぜなら、そのおじさんを最初に見た時、こんな風に親切にしてくれるような人には、とても見えなかったからです。

人を見かけだけで判断してはいけないと、反省させられた一件でした。

置き忘れ

スーパーで買った品物をバッグに詰めていると、

「やっぱり……ない。どうしよう……」

年配の女性がつぶやいていたので、

「どうしたんですか」

私が声をかけると、

「さっき、ここに、お財布を置き忘れてしまって、すぐに、戻って来たんですけど、もう、なくなっているんです。きっと、さっきの人が持って行ったんですよ」

と言うのです。

「それは、お困りですね。でも、そんなに悪い人ばかりじゃないでしょうから、もしかしたら、サービスカウンターに届けてくれているかもしれませんよ。一応、行ってみたらどうですか」

「そうですか……」

　その人はサービスカウンターの方へと歩いて行きました。

　数分後、私がスーパーを出ようとしているところへ、さっきの女性がかけ寄って来たのです。

「ありがとうございました、お財布はサービスカウンターにありました」

　そう言うと、うれしそうに帰って行きました。

　お礼を言われるのは、本当は私ではなくて、拾って届けてくれた人なのにと思いながらも、私まで良いことをしたような気分にさせてもらいました。

　やはり、人を見かけで判断してはいけないのです。

仏様

仏様になってしまった人は、文句など言わないと思います。それどころか、生きてる人を心配して、見守ってくれているはずです。

そう思って供養していったら、心安らかにいられるのではないでしょうか。

お供え花

お店のフラワーコーナーを通りかかった時、きれいなお花が目に止まったので、側に行くと、年配の女性がお花を選んでいました。

「きれいなお花ですね」

私が声をかけると、その女性は、

「ええ……そうなんですけど……買うのをどうしようかなと思って……」

「どうしてですか」

私が聞くと、迷っている様子で、

「仏壇に造花はダメですよね……。でも……最近のこの暑さで生花は三日くらいしかもたないんです……。だから……造花にしてみようかなと思って見ていたんですけど……やめた方がいいですよね」

「そんなことないですよ。こんなきれいなお花なら、仏様も喜んでくれると思いますよ。生花は月命日の時にお供えしてあげればいいんじゃないですか」

思ったままを伝えると、

「そうですか……。そうしてみようかな……。生花は月命日の時にお供えすることにします」

女性はそう言うと、気持ちに踏ん切りがついたのか、造花を抱えて、レジの方へと足早に歩いて行きました。

娘さんに先立たれたお母さん

スーパーで買った品物をバッグに入れていると、お隣にいた年配の女性が、突然、私に話しかけてきました。

「娘が……私より先に亡くなってしまったんです……」

そう言って涙ぐんでしまいました。

一瞬、どう答えたらいいのか迷いましたが、そんな出来事を予期していたかのように、何日か前に見ていたテレビで、霊媒者の人が言っていた言葉を思い出したのです。

それを、そのまま、伝えてみることにしました。

「そうですか……。それは、寂しいですね……。でも、先日、見ていたテレビで、霊媒者の人が、亡くなった人は、生きている人を心配して、傍に来ていると言ってましたから、娘さんもお母さんの傍に来ているかもしれませんよ。お母さんが悲しんでいるのを見たら、娘さんも一緒に悲しんでしまいそう……。娘さんを悲しませないように、お母さんが元気な姿を見せてあげなくちゃ。今日は娘さんの好きだった物を作って、一緒に食べてみたらどうですか」

すると、ハッとした様子で、

「そうですか……そうしてみます……。ありがとうございました……」

そう言って帰って行きました。

何となく見ていたテレビ番組が、こんな形で誰かの役に立つなんて思ってもいませんでした。

人生に無駄なことはないというけれど、本当にそうかもしれません。

若者

若者は速さを競うあまり、予期せぬ行動に出たり、ゲーム感覚で競ってきたりするので、気を付けてあげなければいけません。

踏切

踏切の前で電車の通り過ぎるのを待っていた時のことです。

遮断機が上がり始めたのと同時に、私の前にいた高校生くらいの男の子が勢いよくペダルを踏み込んで飛び出して行きました。

ところが車道の方の長い遮断機が上がるのと同時に短い柄の部分が歩道の方に降りてきたのです。

「あぶない！」

私が叫んだのですが、間に合わずに、遮断機の短い柄の部分が彼の自転車のカゴを直撃して、引き倒されました。

「大丈夫！　転んで良かった……。転ばなかったら、柄の部分に挟まれていたところよ。急ぐのもいいけど、もっと、周りをよく見なくちゃ」

思わずそう言ってしまったのですが、高校生は素直に、

「はい……」

と言って、走り去って行きました。

それにしても、こんなことが起きることもあるのかと、ビックリです。他人事ではなく、私自身も気を付けなければと思った瞬間でした。

それからしばらくして、その踏切を通ってみたら、歩道と車道にべつべつに設置されていたはずの遮断機が一本化されていたのです。

あの日の出来事を見ていた誰かが、鉄道会社に危険だと通報してくれたのでしょうか。

若者の危険な行動も無駄にはならずに、こんな風に、生かされたのだと知って、何だか、とても温かい気持ちになりました。

坂道

私が自転車に乗って走っていた時のことです。

前方に高校生くらいの男の子たち三人が自転車に乗って、のんびりと走っていたので、私が追い越して行くと、その三人が急にスピードを上げて、私を追い抜いて行きました。

しばらく行くと、また、その三人がのんびりと走っていたので、私がもう一度、追い越すと、また、モーレツなスピードで私を追い抜いて行きました。しょうがないな……ゲーム感覚なんだ……と思いながら走っていたら、タイミングよく、坂道に差しかかったのです。

私の自転車は電動だったので、一気に走り抜けると、今度は三人も追い付いて来れませんでした。

すると三人が一斉に、

「ずるい！　ずるい！」

「電動！　電動！」

と叫んでいたので、私は左手でVサインを出して、

「大人をからかっちゃダメよ」

そう言いながら、走り去ったのですが、ちょっとだけ、童心にかえってしまいました。

我の中に神ありき

もしかしたら、神は、本当に、自分の
中に存在しているのかもしれません。
「私は自分のことが嫌いですから」
と言い放ったあの人は、自分の過去の
行いを悔いているのではないでしょうか。

自分の中に神がいる

私の年上のお友達のご主人は、常々、こう言っていたそうです。

「自分の中に神がいる」と。

そう言われてみれば、そうかもしれないと思うようなことが、確かに私の周りでも、いろいろとありました。

自分のしたことは、自分が一番、よく、知っています。

他人は騙せても、自分は騙せません。

もしかしたら、神は本当に、自分の中に存在しているのかもしれません。

「私は自分のことが嫌いですから」

と言い放ったあの人は、自分の過去の行いを悔いているのではないでしょうか。

病気をしたら、自分を見つめ直せと聞いたことがあります。

自分の体を酷使したり、不摂生をしたりしては来なかったか……。

誰かを故意に傷つけたり、陥れたりしては来なかったか……。

病気になったことで、自分と向き合うチャンスが与えられたのだとしたら、そこで、しっかりと自分を見つめ直すことで、新たな人生の一歩を踏み出すこともできるのです。若い時は、とても評判が悪かった人なのに、年をとるにつれ人柄が変わっていき、最後は穏やかに天寿を全うしていった人など、いろいろな生き様を見てきました。

誰もが、穏やかな人生を全うしていきたいと思っているはずです。

一日一善ならずとも、小さな親切を続けて行くことができれば、幸せな晩年が待っているのではないでしょうか。

あとがき

このエッセイを書いていく段階で、私が原稿の一部分を書き上げると、そのつど、友人の伊藤常子さんが、その文章を私の前で朗読してくれたおかげで、よどみや間違いに気が付くことができ、とても、感謝しております。

また、出版企画部の岩田さんが聞き上手であったことも、大変、助けになりました。会話が弾む中で、次のテーマを見つけることができ、書く意欲へと、つながりました。

最後に、編集の谷本さんが、丁寧な読み込みをしてくださった結果、思わぬ間違いに気付かされたり、文字使いの多様性を教えていただいたりなど、とても、勉強になりました。

改めて、三人に、この場をお借りして、お礼申し上げます。

東三ゆきえ

著者プロフィール

東三 ゆきえ（とうみ ゆきえ）

北海道生まれの東京育ち。

夫の会社の経理を手伝いながら、休みの日を利用して結婚式の司会の仕事を始めたり、絵本のお話を書いてみたり、人生を楽しんでいます。

今回はエッセイ執筆にトライしてみました。

著書『ニィニとアーちゃん』（絵　山口けい子　2018年　文芸社）

本文イラスト：やまぐち まさじ

外に出かけてみませんか

2023年10月13日　初版第１刷発行

著　者　東三 ゆきえ
発行者　瓜谷 綱延
発行所　株式会社文芸社
〒160-0022　東京都新宿区新宿1－10－1
電話　03-5369-3060（代表）
03-5369-2299（販売）

印刷所　株式会社暁印刷

ISBN978-4-286-24413-6